Thierry Lenain

Un jour, j'arrêterai la guerre

Illustrations de Pierre Mornet

NATHAN

un

La guerre

JE SUIS ASSIS dans le canapé.

J'ai peur.

Ils vont se rencontrer demain.

S'ils ne se mettent pas d'accord, il va y avoir la guerre.

Ils sont fous ou quoi ?

Ils ne savent pas ce que c'est, LA GUERRE ?

Ils ne l'ont jamais vue à la télé ?

C'est ça. Ils ne doivent pas avoir le temps de regarder la télé, avec leur travail de président. Et du coup, ILS NE SAVENT PAS.

Mais moi, la vraie guerre, je la vois tout le temps.

Des bombes qui explosent. Des maisons qui brûlent. Des gens qui courent. Des gens couchés dans leur sang. Des enfants qui pleurent. Des enfants qui hurlent. Des enfants qui sont morts.

S'ils savaient que c'est cette guerre-là qu'ils vont peut-être déclencher, c'est sûr ces deux présidents ne le feraient pas.

– Samir, arrête de regarder les informations !

Je me retourne.

– Il va y avoir la guerre, maman !

Elle tente de me rassurer :

– Pas ici, bout de chou... Même s'ils se battent là-bas, ça ne viendra pas jusqu'à nous.

– Tu me le promets ?

– Je te le jure.

Elle m'entraîne vers la fenêtre. Dehors, papa bêche une bande de terre noire comme du charbon. Maman se moque gentiment de lui :

– Regarde ton père, il essaie encore de faire pousser quelque chose dans ce coin ! Il est aussi têtu qu'un âne !

Le sol que papa jardine a toujours été comme ça. Aucune plante, aucun légume n'en est jamais sorti. Mais papa s'en fiche.

Je veux qu'il continue à bêcher la terre.

Je ne veux pas qu'il pa[illegible]e à la guerre.

deux

L'Idée

J'AI CHERCHÉ sur mon globe électrique.

Les présidents qui vont peut-être se faire la guerre sont loin. Ils sont de l'autre côté de la Terre.

Maman doit avoir raison. La guerre n'arrivera pas jusqu'ici.

Mais là-bas, des bombes vont tomber sur les enfants. Elles vont les tuer, elles vont tuer leurs parents, leurs grands-parents, leurs copains, leurs oncles, leurs tantes, leurs chiens, leurs chats.

Tout le monde.

Et puis, mon père va peut-être être obligé d'y aller.

Si notre président décide de s'en mêler, s'il décide d'envoyer des soldats pour dire aux autres que ça suffit comme ça, mon père va devoir partir.

Même les soldats qui vont dire aux autres d'arrêter peuvent se faire tuer.

Je ne veux pas que mon père aille arrêter la guerre.

Je veux qu'il reste vivant avec moi.

Ce qu'il faudrait, c'est pouvoir empêcher les guerres. Même de loin.

Rien qu'avec notre pensée.

Est-ce que ça marcherait ?

Il faudrait une personne par soldat.

Il faudrait que toutes les personnes pensent : « STOP ! » en même temps.

Il faudrait que tout le monde le pense exactement en même temps, pour que tous les soldats arrêtent à la même seconde. Sinon il en resterait toujours un qui tirerait sur les autres.

Est-ce qu'il y aurait assez de gens pour tous les soldats ?

Est-ce qu'il y a assez de gens contre les guerres ?

Le mieux, ça serait que les présidents ne les commencent jamais.

Il faudrait les obliger à choisir la paix.

Après tout, ceux que j'ai vus à la télé ne sont que deux.

Il suffit que je m'occupe du premier et Yaël du deuxième.

trois

Le secret

– COMMENT tu veux que ça marche ?

Yaël est accroupi. Il termine en vitesse la punition qu'il a oublié de faire chez lui. Il m'écoute sans me regarder. J'insiste.

– C'est possible. Je l'ai déjà vu.

– Zut !

Sa plume a dérapé, un grand trait barre sa page. Il marmonne :

– Je dirai que c'est ma petite sœur qui m'a poussé.

Et puis il relève la tête vers moi.

– C’est quoi, ce que tu as déjà vu ?

– Un magicien, à la télé. Il déplaçait des objets sans les toucher, rien qu’en les regardant.

– Il devait y avoir un fil invisible...

Yaël referme son cahier et le fourre dans son cartable. Je l’attrape par la manche.

– Non ! Après, il a endormi un spectateur, et rien qu’avec ses yeux, il l’a soulevé en l’air. Il a passé un cerceau autour de lui. Il n’y avait pas de fil, aucun fil, je te jure.

La sonnerie retentit. Yaël me répond :

– Si on pouvait obliger les gens à faire ce qu’on veut avec notre pensée, j’empêcherais d’abord le maître de me donner des punitions !

Il ne comprend pas. Mon meilleur copain ne comprend pas. Les deux présidents vont se rencontrer cette nuit. Je peux m'occuper d'un seul, pas des deux.

Pendant la lecture, j'écris un mot pour Yaël.

J'écris :

« J'ai un secret. Un secret horrible. Signé : Samir. »

Et je lui fais passer.

J'ai décidé de lui mentir un peu.

Un mensonge qui peut devenir vrai, ce n'est pas vraiment un mensonge.

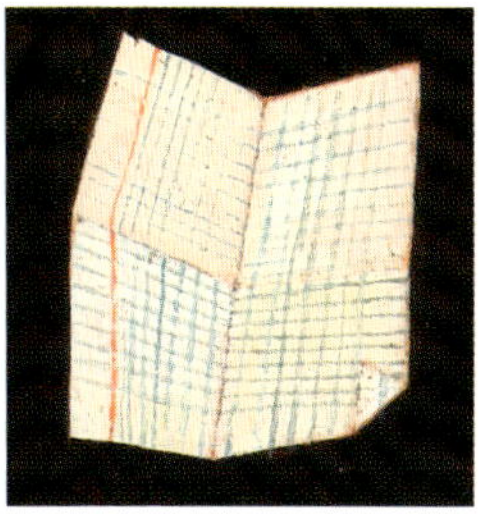

quatre

Le piège

– C'EST quoi ?

Yaël adore les secrets. Dès qu'il en connaît un, il l'écrit sur un morceau de papier qu'il plie, et après il l'enferme dans une boîte. Il a des secrets sur plein de gens. Il lui en manque un sur le maître.

– C'est un secret sur le maître ?

Je prends mon temps, pour que ça ait l'air vrai.

– C'est un plus grand secret que ça.

Mais je n'ai pas le droit de te le dire...

– Pourquoi tu m'en as parlé ?

Je soupire comme si je ne parvenais pas à me décider. J'attends encore un peu, et puis je dis :

– Promets-moi de ne pas le répéter...

– Par la puissance des secrets, je le jure !

– C'est un secret plus important que tous ceux de ta boîte. C'est un secret de la France.

Il en reste bouche bée.

– De la... France ?

Je hoche la tête avant d'ajouter :

– Si tu le répètes, tu iras en prison, dans une prison cachée où personne n'ira te voir. Tu veux toujours que je te le dise ?

Il avale sa salive et murmure « oui ». Je baisse la voix.

– C'est mon oncle qui me l'a dit.

Il travaille avec le ministre de l'Armée. Il va y avoir la guerre de l'autre côté de la Terre.

– Et alors ?

– Le président va envoyer des soldats là-bas pour l'arrêter.

– Et alors ?

– Les soldats français vont mourir aussi, comme les autres.

– Et alors ?

– Alors ?

Je parle très lentement, pour qu'il comprenne bien :

– Alors, ton père va mourir...

Son regard s'affole. Il bafouille :

– Je... je ne veux pas que... mon père aille à la guerre !

Il est pris au piège.

Je continue.

– Il faut obliger les deux présidents à choisir la paix. Je t'ai expliqué de quelle façon tout à l'heure.

– Tu es sûr que ça peut marcher ?

Sans hésitation, je réponds :

– Oui.

cinq

2 h 00

IL EST 1 h 30. Il fait froid et noir.

Le dos collé au mur du garage, je tremble.

Je regarde vers la maison de Yaël. Pour venir jusqu'ici, il lui faut passer par le fond des deux jardins. Est-ce qu'il en aura le courage ?

J'appuie de nouveau sur le bouton de ma montre pour que le cadran s'éclaire.

1 h 42.

Si Yaël ne vient pas, c'est fichu. Tout seul, je n'y parviendrai pas.

Une main se pose sur mon bras.

Je sursaute.

– Samir...

C'est Yaël. Il tremble autant que moi.

– Je... je... ne veux pas retraverser les jardins.

– Quoi ?

– Tout à l'heure, je ne veux pas retraverser les jardins.

– Parle plus bas ! Je t'accompagnerai.

Mon estomac se noue un peu plus. Je m'imagine déjà seul, au retour. Des images de la télé m'envahissent la tête. Des soldats qui avancent dans les forêts et dans les marécages. D'autres qui se sont cachés et qui tirent.

1 h 55.

– Viens...

J'entraîne Yaël.

Pour parler aux présidents, j'ai choisi l'endroit du jardin où la terre est noire comme du charbon. Papa dit souvent que ça doit être creux en dessous. J'ai réfléchi que nos pensées passeront plus vite par là. Elles atteindront plus vite les deux présidents.

1 h 58.

On s'assoit par terre. Je prends les mains de Yaël. Je lui explique qu'il faut fermer les yeux et se concentrer très fort.

– Je dois penser à quoi ?

– Prends le président qui n'a pas de cheveux, moi je prends l'autre. Répète *non à la guerre, non à la guerre, non à la guerre,* et puis après *oui à la paix, oui à la paix, oui à la paix* jusqu'à ce que tu l'entendes dire la même chose.

– Tu es sûr que ça va marcher, hein ?

Lui non plus n'a pas envie d'un papa mort.

Ma montre sonne.

2 h 00.

– Vite !

Je ferme les yeux.

six

Le président

– *NON à la guerre, non à la guerre, non à la guerre...*

Je m'applique, mais rien ne se passe.

Je sens le froid de la terre piquer mes fesses à travers mon pantalon, et les mains glacées de Yaël qui accrochent les miennes.

C'est tout.

Et puis peu à peu, ça arrive.

J'ai toujours les yeux fermés, mais

je vois le président apparaître devant moi.

Il est assis en tailleur à la place de Yaël.

C'est une image légère.

Je ne dois surtout pas ouvrir les yeux.

Je dois calmer mon souffle.

L'image ne doit pas disparaître.

J'ai la gorge serrée, mais il faut absolument que je parle.

Je me présente.

Je fais attention à être poli pour que le président m'écoute jusqu'au bout.

Je parle de mes parents. Je dis que j'aime mon père et que s'il mourait, je serais trop triste et que je mourrais aussi.

J'explique au président que ce n'est pas de sa faute, qu'il ne sait pas parce qu'il n'a pas le temps de regarder la télé, mais que la guerre c'est horrible, que les habitants de son pays vont souffrir.

Je lui explique que la guerre, c'est mal.

– Vous comprenez ?

sept

Les images

LE président me regarde, mais il ne bouge pas. Peut-être qu'il parle une autre langue que la mienne ?

Il faut que je lui montre des images.

Je me concentre encore plus fort.

J'ai mal à la tête, mais tant pis.

Je me force d'abord à penser à des images de guerre.

Aux images les plus horribles.

J'ai envie de vomir, mais il faut que le président sache. Je lui montre les pleurs, les cris et la terreur. Je lui montre les ruines, le sang et la mort. Je sens que je fais pipi sur moi.

Le président change d'air. Je lis l'effroi sur son visage.

Il comprend.

Je murmure :

– Ça, c'est la guerre. Maintenant, je vais vous montrer la paix.

Je pense alors à de belles choses.

À l'océan, aux vagues et au vent, du haut de la falaise, dans les bras de papa.

À l'après-midi où on s'est baignés dans le torrent.

À la fête foraine, et au Grand Huit la nuit avec Yaël.

Au chant qu'on a préparé pour les parents, l'année dernière, et à leurs applaudissements qui ne s'arrêtaient plus.

À la promenade avec grand-père, et à l'énorme bouquet de fleurs qu'on a rapporté pour maman.

À grand-mère qui m'a frotté avec une serviette après la course sous la pluie, et à ses bisous avant que je m'endorme doucement.

Je murmure :

– Ça, c'est la paix...

Le président sourit.

Est-ce qu'il a compris ?

Son image s'efface.

– Attendez !

J'agrippe ses mains que je tiens dans les miennes, mais il disparaît.

Je crie :

– Choisissez la paix ! La paix !

Tout se met à valdinguer dans ma tête.

Je m'évanouis.

huit

Demain

JE ME RÉVEILLE dans mon lit. Maman me tient une main, papa l'autre.

– Qu'est-ce qui s'est passé, Samir ?

Mes paupières papillonnent à cause de la lumière.

– Yaël... Il est où ?

Papa répond :

– Chez lui. On vous a retrouvés tous les deux évanouis dans le jardin. Qu'est-ce qui s'est passé, Samir ? Qu'est-ce que vous faisiez là-bas ?...

Je les aime. Je les aime de tout mon

cœur. Je ne veux jamais être séparé d'eux.

Je demande :

– La guerre... Est-ce qu'ils ont déclaré la guerre ?

Papa se lève.

– Ne t'occupe pas de ça, Samir ! Ce ne sont pas des histoires d'enfants...

Je regarde maman.

– Est-ce qu'ils ont déclaré la guerre ?

– C'est pour ça que Yaël et toi...

Elle ne termine pas sa phrase. Papa marche dans la chambre.

– Est-ce qu'ils ont déclaré la guerre, maman ?

Elle fait oui de la tête. Je me colle contre elle. Je dis très vite :

– Je ne veux pas que papa y aille, je ne veux pas que le président l'envoie là-bas !

Maman se balance doucement pour me bercer.

– Soldat, c'est un métier, Samir. On n'enverra pas ton père, il est jardinier...

Plus personne ne parle. On pleure en silence tous les trois.

Et puis papa s'écrie :

– Ça alors !

Il regarde par la fenêtre. Je le rejoins.

Dehors, à l'endroit où on s'est assis Yaël et moi, à l'endroit où il ne pousse jamais rien, une fleur est sortie de la terre. Une fleur couleur framboise.

Je sais ce que je ferai quand je serai grand.

Je rassemblerai des gens, beaucoup de gens. Des gens de tous les pays.

On sera beaucoup plus que deux. On sera des millions.

On ira voir les présidents.

Et on leur interdira de faire la guerre.

TABLE DES MATIÈRES

Thierry Lenain

Quand il était petit, Thierry écoutait souvent une chanson : elle racontait qu'un enfant avait prié pour que les guerres s'arrêtent le jour de Noël. La chanson se terminait par : « Non, non, rien n'a changé, tout, tout a continué... ». C'est vrai, les enfants ne peuvent pas arrêter les guerres. Mais ils peuvent décider qu'ils ne les feront jamais.

Pierre Mornet

Il est né en 1972 à Paris. Il étudie le dessin et le graphisme à l'ESAG. Il travaille actuellement pour la presse, l'édition, la publicité et expose régulièrement ses images. Après *Prisonnière du tableau*, *Un jour, j'arrêterai la guerre* est le second texte qu'il illustre pour la collection Demi-Lune.

DANS LA MÊME COLLECTION

Michel Amelin
Le fils du pirate

Le masque d'or
et de sang

Clair Arthur
Parfum de sorcière

Miss Monde
des sorcières

Cendre,
la jument rebelle

Marie Bataille
Mademoiselle
Princesse Culotte

Hubert Ben Kemoun
Un monstre
dans la peau

Le soir
du grand match

Méfiez-vous
de l'an 2000

Robert Boudet
L'extraordinaire
aventure de M. Potiron

Évelyne Brisou-Pellen
Le jongleur

le plus maladroit

Le philtre d'amour

Nadine Brun-Cosme
La fenêtre de neige

Yves-Marie Clément
Roy et le koubilichi

Jean-Loup Craipeau
Le kangourou
d'Ooz

Ma victoire
sur Cauchemar

Claire Derouin
Leslie Craspouette

Elsa Devernois
Un amour de maîtresse

La boutique des rêves

Mon papa, c'est moi !

DANS LA MÊME COLLECTION

Philippe Dorin
Les trésors du petit matin

Pascal Garnier

Dico dingo

Zoé zappe

Mauvais reflet

Christian Grenier

Le château des enfants gris

Parfaite petite poupée

Thierry Lenain
L'amour hérisson

Trouillard !

Loin des yeux, près du cœur

Un jour, j'arrêterai la guerre

Jean-Marc Ligny
Le clochard Céleste

Gérard Moncomble
Prisonnière du tableau !

Yves Pinguilly
Hubert le loup

Michel Piquemal

L'appel du Miaou-Miaou

Benjamin et son papa géant

La mer a disparu

Yak Rivais

Le génie de la valise

Éric Sanvoisin

Le buveur d'encre

Une paille pour deux

Le nain et la petite crevette

Natalie Zimmermann

Un ange passe

Yeux de vipère

N° d'éditeur 10072816
Dépôt légal Février 2000
Loi n° 49 956 du 16 juillet 1949
sur les publications destinées à la Jeunesse
Impression et reliure : Pollina s.a., 85400 Luçon - n° 79509-A
ISBN 2.09 275052-6